LE PROPHÈTE

DU MÊME AUTEUR CHEZ SINDBAD / ACTES SUD

La Voie ailée, 1982.
Les Esprits rebelles, 2000.
Les Ailes brisées, 2001.

Titre original :
The Prophet

© ACTES SUD, 1982
pour la présente édition
ISBN 978-2-7427-5170-9

Illustration de couverture :
Khalil Gibran,
Esquisse d'un dessin du visage du Prophète, 1920
© Comité national Gibran

KHALIL GIBRAN

LE PROPHÈTE

traduit de l'anglais et présenté
par Antoine Ghattas Karam

BABEL

Présentation

Peut-être n'y a-t-il de pays où la littérature se soit développée, isolée des autres arts, et à ses propres dépens, comme au Liban. Cette correspondance intime des arts, cette corrélation créatrice — qui donne à la littérature les couleurs, les nuances, les proportions, l'évolution des formes, les illusions auditives et leurs ombres —, cette métamorphose enfin du beau par le beau, et de l'art par l'art, ne s'est pas encore produite chez nous. C'est que les arts au Liban n'ont pas connu de floraison qui puisse déterminer l'accord symphonique du langage et de son contenu.

Dans son isolement, la Déesse médite d'une part sur les richesses littéraires du merveilleux désert, de Damas, de Bagdad, de l'Andalousie ; et se penche, d'autre part, sur les trésors incommensurables de l'Occident.

Ce dédoublement d'attitude a conséquemment engendré un dédoublement dans la compréhension des choses, donc dans la personnalité du Liban et, partant, dans le climat de sa littérature. Et de cette équation hétérogène — où le mysticisme ineffable de l'Inde se joint aux fantaisies païennes des contours idéologiques clairs et précis —, de ce dualisme donc, procède le mouvement de l'image, du sentiment et du concept littéraires tantôt « coranique » ou vaguement « abbasside », tantôt biblique et « yazigien ». Aussi, ai-je voulu ici mettre en évidence les différentes étapes et divergences qui déterminent, d'une façon plus ou moins précise, son évolution.

Le 18e siècle semble être une date limite dans l'histoire de cette littérature. Antérieurement, l'on écrivait dans la montagne libanaise le syriaque surtout, langue ecclésiastique, aujourd'hui tombée en désuétude. Et la côte méditerranéenne ne gardait de l'illustre monde phénicien, que de rares vestiges, où se mêlaient l'arabe et le turc. C'était une période de mutisme et de stagnation. Du reste, la littérature comme telle, n'existait presque pas, par le fait même que l'outil, c'est-à-dire une langue appropriée, faisait défaut.

Au 19e, siècle de la découverte pour les littérateurs arabes, l'on entreprit des travaux didactiques de lexicologie et d'encyclopédie. La tentative fondamentale était d'arrêter la langue, d'aborder les Anciens, de les ressusciter et de propager l'héritage des Arabes. Grâce aux Yazigi, aux Boustani, à Ahmad Farès Chidiac, grâce à l'œuvre patiente, sobre et presque mystique des arabisants, a eu lieu la résurrection graduelle de maintes œuvres disparates : manuscrits enfouis dans la poussière du temps.

L'entreprise napoléonienne secoua l'Orient, et dans cette prise de conscience les Libanais furent les pionniers, dès 1843 l'on entreprit la traduction, en arabe, de Molière, Corneille, Shakespeare. C'était le théâtre d'abord qui incita Maroun Naccache à traduire et à adapter. Non pas tant pour la beauté des œuvres que pour le genre lui-même, qui n'avait jamais figuré dans les lettres arabes. Et l'on connut une pléïade de poètes qui mêlaient à l'abbasside une certaine saveur vaguement occidentale.

A la suite de la première guerre mondiale, de la misère qu'elle entraîna et la soif de vivre, de l'angoisse désespérée de justice et d'équité humaine, des massacres, des condamnations massives, et dans le cadre religieux et rêveur d'un Liban ensoleillé où la Méditerranée se meurt, bleue et transparente, et où les montagnes, si proches, semblent se reposer dans une méditation phénicienne et biblique, évangélique et coranique sous un ciel étoilé, dans ce cadre, dis-je, de déchirement et de beauté se déclencha le mouvement romantique au Liban. Un « mal du siècle » se propagea et la densité matérielle de l'image poétique se raréfia.

Et nous est parvenue, avec l'influence française au Liban, toute la diversité des genres : le roman, la nouvelle, le conte, le théâtre, la confession, les essais, la poésie en prose. Puis nous sommes allés puiser dans toutes les littératures, sans réserve aucune, et c'est essentiellement à travers les traductions françaises que nous les avons connues.

C'est pourtant à la suite d'une double résultante d'influences que l'émancipation s'accomplit : l'école du

mahjar, *représentée par le génie du grand Gibran Kha-*
lil Gibran, et l'influence immédiate de la littérature
française. En fonction de l'une et l'autre des deux
influences évolua au Liban le concept poétique de
1925 à 1954. Et dans l'orbite de cette littérature arabe-
française gravite actuellement une belle constellation de
poètes et d'écrivains.

Il me paraît indispensable cependant de m'arrêter
devant le nom d'Ibrahim Yazigi, qui a su joindre à
l'intransigeance classique pédante, la limpidité pure et
sonore ; cet accouplement linguistique et auditif devait
avoir sa répercussion plus tard dans l'art prosaïque. Ce
maître avait donné une traduction — intégrale ou frag-
mentaire, je ne sais — de la Bible. Cette traduction
inspira en partie les belles plumes du 20ᵉ siècle. Les écri-
vains se trouvaient à l'aise dans cette prose simple,
sans tache, à la sève si limpide et sereine. Une mode
nouvelle fut créée à côté des modes abbassides surexis-
tantes. Son influence la plus marquée s'est faite sur la
prose du mahjar. *Séduits par la fable des mers*
inconnues et par les horizons vierges du Nouveau
Monde, chercheurs de délivrance, quêteurs de fortune,
les Libanais du mahjar *ont tour à tour trouvé dans cette*
atmosphère amertume, souffrance, aisance et prospérité.
Mais ils y ont trouvé surtout cette nostalgie morbide qui,
philanthropie aidant et humanisme, lia à la lyre de la
littérature arabe des cordes aux féériques enchantements.
Cette quête de fortune fut chargée de pensée, dont l'éclo-
sion se faisait déjà depuis des décennies dans le cadre
bénéfique de l'Université américaine de Beyrouth. Et

qui parle du mahjar *est invité ipso facto à parler de Gibran Khalil Gibran et de Mikhaïl Naïmé. Ce dernier me tenait un jour, à peu près, ce propos :* « Je ne sais par quel destin énigmatique nous fûmes réunis, ni dans quel but. Dans un même lieu, au cours d'une même période, du bout du monde, l'on se vit groupés, et l'on s'adonna aux lettres arabes, au cœur d'une Amérique affairée et prise dans l'engrenage de la matière. »

Gibran Khalil Gibran, fils de Besharri, du Liban Nord, émigre avec sa famille. Il s'en va vers le Nouveau Monde emportant la fantasmagorie des cèdres, de la Cadisha, des nuits hallucinantes, des bourrasques, des brumes, et l'image des montagnes et des saisons. Puis, adolescent, il revient de Boston, quelques ans plus tard. Il met en équivalence les nouvelles valeurs sociales et morales d'une part et d'autre part, l'équation vitale du Liban d'alors. Il dénote les écarts incurables des classes sociales, les coutumes en carence, la soif de la liberté, l'attente miséreuse du demain sans lendemain, les perspectives imagées d'antan et des idées nouvelles s'enchevêtrent, se chargent et se déchargent tour à tour.

Ce fut alors le séjour de Gibran à Paris, l'influence de la vie artistique dans cette capitale culturelle du monde. Et ce fut le filtre-Rodin où s'est épuré le génie de Gibran. Il connut, par Rodin, le fini de la musique sculpturale, et les silences, ces échos tus dans l'infini des mirages de la suggestion. Puis éclata la première guerre mondiale. La faim ravagea et décima le Liban. Gibran était à Boston. Mais le drame du Liban agonisant l'an-

goissait, le révoltait et devint le lieu géométrique de la tragédie intellectuelle et poétique de l'auteur.

On eut dit que de ces étapes tiendrait désormais sa puissance créatrice.

Jusqu'au jour où Gibran fit la découverte de Zarathoustra. Et ce fut une morale ayant pour source les souvenirs d'adolescence, la révolte désespérée et amère, et pour objectifs la culture de l'énergie et cette volonté de puissance qui élève l'homme jusqu'au surhomme, soit l'expédition nietzschéenne de l'idée. Mais ce concept fut modifié par un complément platonico-indien : le laps d'une seule vie humaine ne peut suffire pour réaliser le surhomme, l'élu ; d'où la croyance de Gibran en la succession des temps et la métempsychose.

Ainsi, de ce goût de cendre et de ce ton poétique acariâtre qui s'étire dans une musique lasse et amère — tel que nous le trouvons dans ses premiers ouvrages en langue arabe —, l'on bondit subitement dans la révolte contre la servitude humaine et l'on fait un saut dans les espaces stellaires où l'individu se joint à l'ensemble sans bornes de l'un qui est le monde. Et, dans une prose orchestrée, la terre rencontra le ciel en la personne de Jésus, et l'homme atteignit son objectif en la personne d'Al-Mustafa.

Dussé-je exagérer l'effet de cet accent charmeur, ce n'est point de la prose, c'est une berceuse poétique. Les deux styles, anglais et arabe, sont similaires et portent des valeurs, des temps, des charges évocatrices presque identiques. Les traditionalistes et conformistes lui reprochent des faiblesses, un style assez lâche, des impropriétés ; mais ces conceptions arrêtées ne peuvent nous empêcher de l'appeler le grand Gibran. Il avait l'univers en lui. Pour l'évaluer on devrait avoir recours à d'autres normes littéraires ; et Gibran peintre et dessinateur ne s'écarte pas de sa prose idyllique.

Antoine Ghattas Karam

Le prophète

Al-Mustafa, l'élu et le bien-aimé, qui fut aurore de son propre jour, avait attendu douze ans dans la cité d'Orphalès son navire qui devait revenir et le ramener à son île natale.

Et la douzième année, au septième jour d'Eiloul, mois de la moisson, il gravit la colline, au-delà des murailles de la cité, et regarda vers la mer. Et il vit, avec la brume, venir son navire.

Alors s'ouvrirent largement les portes de son cœur, et sa joie s'envola loin sur la mer. Et il ferma les yeux et pria dans les silences de son âme.

Mais comme il descendait la colline, une tristesse le saisit, et dans son cœur il pensa :

Comment m'en irai-je en paix et sans peine ? Non je ne quitterai cette cité sans une blessure dans l'âme.

Longs étaient les jours de souffrance que j'ai passés entre ses murailles, et longues étaient les nuits de solitude ; et qui peut, sans regret, se séparer de sa souffrance et de sa solitude ?

Maints fragments de l'âme j'ai éparpillés dans ces rues, et maints enfants de ma nostalgie cheminent nus parmi ces collines, et je ne puis m'en détacher sans charge et sans douleur.

Ce n'est point un vêtement que j'enlève aujourd'hui, mais une peau qu'avec mes propres mains je déchire.

Non plus une pensée que je laisse après moi, mais un cœur par la faim et la soif adouci.

Je ne puis cependant m'attarder davantage.

La mer, qui appelle toutes choses en elle, m'appelle et je dois m'embarquer.

Car, bien que les heures s'enflamment dans la nuit, rester c'est se glacer, se cristalliser et se mouler dans une forme.

Volontiers j'emporterais tout ce qui, là, se trouve. Mais comment le porterai-je ?

La voix ne peut porter la langue et les lèvres qui lui donnèrent des ailes. Seule, elle doit solliciter l'éther.

Et seul, et sans son nid, l'aigle prendra son vol à travers le soleil.

Maintenant qu'il atteignit le pied de la colline, il se tourna à nouveau vers la mer, et il vit son navire qui regagnait le port, et sur la proue, les matelots, hommes de sa patrie.

Et vers eux son âme s'écria, et il dit :

Enfants de ma vieille mère, vous cavaliers des ondes,

que de fois avez-vous navigué dans mes rêves ! Et vous, maintenant, venez dans mon éveil qui est mon rêve profond.

Je suis prêt à partir, et mon ardeur aux voiles amplement déployées attend le vent.

Rien qu'un souffle encore prisé dans cet air paisible, rien qu'un tendre regard jeté en arrière,

et alors je me tiendrai parmi vous, marin parmi les marins.

Et vous, vaste mer, mère endormie,

qui seule êtes paix et liberté au fleuve et au ruisseau,

rien qu'un autre détour que fera ce ruisseau, rien qu'un autre murmure dans cette clairière,

et alors je viendrai vers vous, goutte sans limites vers un océan sans bornes.

Et comme il cheminait, il vit, au loin, hommes et femmes, quitter leurs champs et leurs vignes, qui se pressaient vers les portes de la cité.

Et il entendit leurs voix qui appelaient son nom et,

s'écriant de champ en champ, apprenaient les uns aux autres l'arrivée de son navire.

Et il se dit en lui-même :

Le jour du départ sera-t-il le jour du rassemblement ?

Et sera-t-il dit que mon soir fut en vérité mon aurore ?

Et que donnerai-je à celui qui laissa sa charrue au milieu du sillon, ou à celui qui arrêta la roue de son pressoir ?

Mon cœur deviendra-t-il un arbre chargé de fruits que je puisse cueillir et leur donner ?

Et mes désirs, jailliront-ils comme une fontaine, pour que je puisse remplir leurs coupes ?

Suis-je une harpe pour que me touche la main du puissant, ou une flûte pour que son souffle passe à travers moi ?

Je suis un chercheur de silences, mais quel trésor ai-je découvert dans les silences qu'avec confiance je puisse dispenser ?

Si c'est mon jour de moisson, dans quels champs ai-je semé la graine, et par quelles saisons oubliées ?

Si c'est l'heure vraiment d'élever ma lanterne, ce n'est guère ma flamme qui s'y consumera.

Vide et ténébreuse j'élèverai ma lanterne,

et le gardien nocturne l'emplira d'huile et y mettra le feu.

Ces choses il les dit en paroles. Mais tant d'autres restaient tues dans son cœur. Car il ne pouvait dire lui-même son profond secret.

Et quand il entra dans la cité, tout le peuple vint à sa rencontre, et s'écria comme d'une seule voix.

Et les anciens de la cité s'avancèrent et dirent :

Ne partez pas déjà de parmi nous.

Plein midi vous fûtes dans notre crépuscule, et votre jeunesse nous donna des rêves à rêver.

Ni étranger vous êtes parmi nous, ni convive mais notre fils et notre bien-aimé.

Ne laissez pas déjà nos yeux soupirer après votre visage.

Et les prêtres et les prêtresses lui dirent :

Ne laissez pas les vagues de la mer maintenant nous séparer, et les années que vous avez parmi nous écoulées devenir un souvenir.

Vous avez passé parmi nous tel un esprit et sur nos visages votre ombre a été une lumière.

Nous vous avons tant aimé. Mais sans paroles était notre amour, et par des voiles il a été voilé.

Mais, pour vous, maintenant il s'exclame et voudrait se tenir découvert devant vous.

Et il a toujours été que l'amour ne connaît sa propre profondeur jusques à l'heure de la séparation.

Et d'autres à leur tour vinrent l'implorer. Mais il ne leur répondit point. Il baissa seulement la tête ; et ceux qui se tinrent tout près virent choir ses larmes sur sa poitrine.

Et le peuple et lui procédèrent vers la grande place devant le temple.

Et sur ce, sortit du sanctuaire une femme; Al-Mithra était son nom. Et elle était voyante.

Et il la regarda avec une tendresse infinie, car c'était elle, la première, qui l'avait recherché et cru en lui, alors qu'il n'avait passé dans leur cité qu'un seul jour.

Et elle le salua en disant :

Prophète de Dieu, en quête de l'absolu, tu as longuement sondé les distances pour ton navire.

Et maintenant ton navire est arrivé et tu dois nécessairement t'en aller.

Profonde est ta nostalgie pour la terre de tes souvenirs et le foyer de tes grands désirs ; et notre amour ne saurait te lier, ni nos besoins te retenir.

Cependant nous espérons ceci avant de nous quitter, que tu nous parles et nous donnes de ta vérité.

Et nous la transmettrons à nos enfants, et nos enfants aux leurs, et elle ne périra pas.

Dans ta solitude tu veillais sur nos jours, et dans ton éveil tu écoutais les pleurs et les rires de notre sommeil.

Aussi, révèle-nous à présent à nous-mêmes et dis-nous tout ce qui t'a été révélé de ce qui est entre la naissance et la mort.

Et il répondit :
Peuple d'Orphalès, de quoi vous parlerais-je qui ne se meuve à l'instant même dans vos âmes ?

De l'amour

Al-Mithra dit alors : Parle-nous de l'amour.

Et il redressa la tête et regarda le peuple, et alors s'abattit un silence sur eux. Et d'une voix grave, il dit :

Quand l'amour vous appelle, suivez-le,

bien que ses sentiers soient raides et durs.

Et quand ses ailes vous enveloppent livrez-vous à lui,

quoique le glaive dissimulé dans ses plumes puisse vous blesser.

Et quand il vous parle, croyez en lui,

bien que sa voix puisse briser vos rêves comme le vent du nord dévaste le jardin.

Car comme l'amour vous couronne, de même il vous crucifie. Et comme il est pour votre croissance, il est aussi pour votre émondage.

Et comme il s'élève jusques à votre faîte et caresse vos plus tendres branches qui frissonnent au soleil,

de même, dans vos racines il descendra, et les ébranlera dans leur adhésion à la terre.

Telles des gerbes de blé il vous rassemble en lui-même.

Il vous herse pour vous mettre à nu.

Il vous blute pour vous libérer de vos gousses.

Il vous broie jusqu'à la blancheur.

Il vous pétrit jusqu'à vous rendre souples.

Et alors, il vous assigne à son feu sacré, afin que vous deveniez pain sacré pour le festin sacré de Dieu.

L'amour fera toutes ces choses de vous, afin que vous sachiez les secrets de votre cœur et deveniez, par ce savoir même, un fragment du cœur de la vie.

Mais si, en votre crainte, vous ne cherchiez dans l'amour que paix et plaisir,

vous feriez alors mieux de cacher votre nudité et de sortir de l'amour,

vers le monde sans raison où vous rirez mais pas de tout votre rire, et pleurerez mais pas de toutes vos larmes.

L'amour ne donne que soi-même et ne prend rien que de soi.

L'amour ne possède ni ne voudrait être possédé.

Car d'amour se suffit l'amour.

Lorsque vous aimez vous ne devriez pas dire, « Dieu est en mon cœur », mais plutôt, « je suis dans le cœur de Dieu ».

Et ne pensez point que vous êtes à même d'orienter le cours de l'amour, car s'il vous trouve dignes c'est l'amour qui mènera votre cours.

L'amour n'a d'autre désir que de s'accomplir lui-même.

Mais si vous aimez et devez avoir besoin de désirs, que ceux-ci soient vos désirs :

Se dissoudre et être comme un ruisseau qui roule et chante à la nuit sa mélodie.

De trop de tendresse connaître la douleur

d'être blessé par votre propre conception de l'amour ;

et saigner volontiers et avec allégresse.

Se réveiller à l'amour avec un cœur ailé et rendre grâce pour une autre journée d'amour ;

et faire une pause à l'heure de midi et méditer l'extase de l'amour ;

de regagner au soir son foyer avec gratitude ;

et s'endormir alors avec dans le cœur une prière pour l'aimé et sur les lèvres un hymne.

Du mariage

Alors Al-Mithra parla à nouveau et dit : Et à propos du mariage, Maître?

Et il répondit :

Vous fûtes nés ensemble et ensemble vous serez à jamais.

Vous serez ensemble quand les blanches ailes de la mort auront brisé vos jours.

Oui, ensemble vous serez même dans la mémoire silencieuse de Dieu.

Mais que dans votre union il y ait des espaces.

Et laissez, entre vous, danser les vents des cieux.

Aimez-vous l'un l'autre mais ne faites pas de l'amour une chaîne :

Qu'il soit plutôt une mer mouvante entre les rivages de vos âmes.

Que l'un remplisse à l'autre sa coupe, mais ne buvez pas de la même coupe.

Donnez-vous l'un à l'autre de votre pain, mais ne mangez pas d'un même pain.

Chantez et dansez ensemble et soyez joyeux, mais que chacun de vous soit seul,

telles les cordes d'un luth, bien qu'isolées, vibrent d'une même musique.

Donnez-vous vos cœurs, mais sans que l'un n'enferme celui de l'autre.

Car seule la main de la vie peut contenir vos cœurs.

Et tenez-vous ensemble, pas trop près cependant l'un de l'autre :

car les piliers du temple se tiennent à distance,

le chêne et le cyprès ne poussent pas à l'ombre l'un de l'autre.

Des enfants

Puis une femme qui tenait sur son sein un enfant
dit : Parlez-nous des enfants.

Et il dit :

Vos enfants ne sont guère vos enfants.

Ils sont les fils et filles de la nostalgie de la vie pour
elle-même.

Ils viennent par vous mais pas de vous,

et, bien qu'ils soient avec vous, ils ne vous appar-
tiennent guère.

Vous pouvez leur donner votre amour, mais non
vos idées,

car ils ont leurs propres idées.

Vous pouvez loger leur corps mais non leur âme,

car leur âme habite la demeure du demain que
vous ne pouvez visiter même dans vos rêves.

Vous pouvez vous efforcer de devenir comme eux mais ne cherchez pas à les rendre comme vous.

Car la vie ne va pas à rebours, ni ne se complaît dans l'hier.

Vous êtes les arcs d'où, comme des flèches vivantes, vos enfants sont lancés.

L'archer voit la cible sur le parcours de l'infini, et il vous tend, de toute sa force, afin que ses flèches partent légères et lointaines.

Que votre inflexion dans la main de l'archer se destine à la joie ;

car de même qu'il aime la flèche qui s'envole, il aime aussi l'arc qui est stable.

Du don

Alors un homme riche dit : Dites-nous ce qu'est donner.

Et il répondit :

Vous donnez mais peu, quand vous donnez de vos biens.

C'est lorsque vous donnez de vous-même que vraiment vous donnez.

Car, que sont vos biens sinon des choses que vous conservez, et gardez de peur que vous n'en ayiez besoin demain ?

Et demain, qu'apportera demain au chien sagace qui enfouit les os dans les sables sans trace, tandis qu'il suit les pélerins vers la ville sainte ?

Et qu'est-ce que la peur du besoin sinon le besoin même ?

Redouter la soif alors que votre citerne est pleine, n'est-ce pas la soif insatiable ?

Il est ceux qui donnent peu de l'abondance qu'ils possèdent ; et ils le donnent pour la notoriété, et leur mobile dissimulé rend insalubres leurs dons.

Et il est ceux qui ont peu, et le donnent en entier.

Ce sont ceux qui croient en la vie et en la munificence de la vie. Leur coffre n'est jamais vide.

Il est ceux qui donnent avec joie. La joie est leur récompense.

Et il est ceux qui donnent avec peine et la peine est leur baptême.

Et il est ceux qui donnent et ne connaissent de peine en donnant, ni ne recherchent la joie, ni ne donnent par souci de vertu.

Ils donnent comme dans la vallée, là-bas, le myrte exhale son parfum dans l'espace.

C'est par les mains de ces pareils que Dieu s'exprime, et c'est à travers leurs yeux qu'il sourit sur la terre.

Il est bon de donner quand on vous le demande, mais mieux est de donner sans qu'on vous le requiert, et par entendement.

Car la main généreuse, en découvrant celui qui recevra, éprouve une joie plus grande que la joie de donner.

Et quelle chose pourriez-vous conserver ?

Tout ce que vous possédez sera donné un jour ;

donnez donc maintenant, afin que la saison de donner puisse être vôtre et non celle de vos héritiers.

Souvent vous dites : « Je voudrais bien donner, mais au seul qui mérite. »

Dans votre verger les arbres n'en disent pas autant, ni les troupeaux dans votre pâturage.

Ils donnent pour vivre, car retenir c'est périr.

Certes, celui qui est digne de recevoir ses jours et ses nuits est digne aussi de tout ce qui vient de vous.

Et celui qui a mérité de boire de l'océan de la vie, mérite de remplir sa coupe de votre mince ruisseau.

Et quel désert plus grand que celui qui se situe dans le courage et la confiance de recevoir, nonobstant l'aumône ?

Et vous, qui êtes-vous, pour que les hommes se réduisent à déchirer leur poitrine et dévoiler leur orgueil pour vous permettre de voir leur dignité mise à nu et leur fierté désinvolte ?

Voyez d'abord si vous-même êtes digne d'être un donateur et un instrument pour donner.

Car, en vérité, c'est la vie qui donne à la vie ; tandis que vous, qui vous prenez pour un donateur n'êtes qu'un témoin.

Et vous qui recevez — et tous vous recevez —, n'assumez pas la charge de gratitude, de peur que vous ne posiez de joug à vous-mêmes et à celui qui donne.

Levez-vous plutôt ensemble avec le donateur sur ses dons comme sur des ailes ;

car être trop conscient de votre dette, c'est douter de la générosité de celui dont la terre généreuse est la mère et dont le père est Dieu.

Du manger et du boire

Alors un vieillard, tenancier d'auberge, dit :
Parlez-nous du manger et du boire.
Et il dit :
Je voudrais que vous puissiez vivre du parfum de la terre et, comme les plantes d'air, vous suffire de lumière.

Mais puisque vous devez tuer pour vivre, et dérober au nouveau-né le lait de sa mère pour étancher votre soif, que ceci soit un acte d'adoration,

et que votre table se dresse comme un autel sur lequel sont immolées les offrandes pures et innocentes des forêts et des plaines pour ce qui est en l'homme plus pur encore et plus innocent.

Et lorsque vous abattez une bête, dites-lui en votre cœur :

« Par la même puissance qui te détruit, je suis également détruit ; et je serai également consumé.

Car la loi qui te livra à ma main me livrera à une main plus puissante.

Ton sang et mon sang ne sont que la sève qui nourrit l'arbre du ciel. »

Et lorsque avec vos dents vous fendrez une pomme, dites-lui en votre cœur :

« Tes graines vivront en mon corps,

et tes bourgeons de demain fleuriront dans mon cœur,

et ton parfum sera mon souffle,

et ensemble nous nous réjouirons par toutes les saisons. »

Et lorsque, à l'automne, vous cueillez les grappes de vos vignes destinées au pressoir, dites en votre cœur :

« Je suis aussi une vigne et, pour le pressoir, mon fruit sera cueilli, et, tel un vin nouveau, je serai gardé dans des jarres éternelles. »

Et, en hiver, lorsque vous puisez le vin, qu'il y ait en votre cœur pour chaque coupe un chant ;

et qu'il y ait en ce chant le souvenir des jours d'automne, et de la vigne et du pressoir.

Du labeur

Puis un laboureur dit : Parlez-nous du labeur.

Et il répondit :

Vous travaillez pour aller au pas avec la terre et l'âme de la terre.

Car être oisif c'est devenir étranger aux saisons, et sortir de la procession de la vie qui marche avec majesté et fière soumission vers l'infini.

Lorsque vous travaillez vous devenez une flûte, et au cœur de cette flûte le murmure des heures se transforme en musique.

Qui de vous voudrait être un roseau muet et silencieux, quand tout à la fois chante à l'unisson ?

Il vous a toujours été dit que le travail est malédiction et le labeur infortune.

Mais je vous dis qu'en travaillant vous comblez un fragment du rêve ultime de la terre, qui vous a été assigné quand ce rêve fut né,

et c'est en vous liant au labeur que vraiment vous aimez la vie.

Aimer la vie par le labeur, c'est être intime avec le secret le plus intime de la vie.

Mais si, dans votre peine, vous appelez affliction la naissance, et l'entretien de la chair une malédiction écrite sur votre front, alors, je réponds que, seule, la sueur de votre front effacera ce qui est écrit.

Il vous a été dit aussi que la vie est ténèbres, et dans votre lassitude vous vous faites l'écho de ce qui vous fut dit par les fastidieux.

Et je dis que, sans mouvement, la vie est en effet ténèbres,

et que tout mouvement est aveugle sans le savoir,

et que sans le travail tout savoir est vain,

et que sans amour tout travail est vide,

et lorsque vous travaillez avec amour vous vous liez à vous-mêmes, et les uns aux autres, et à Dieu.

Et qu'est-ce que travailler avec amour ?

C'est tisser la toile avec des fils tirés de votre cœur comme si votre bien-aimé devait s'en parer.

C'est bâtir une maison avec affection, comme si votre bien-aimé devait y habiter.

C'est semer avec tendresse les graines et récolter la moisson avec joie, comme si votre bien-aimé devait en manger le fruit.

C'est charger toutes choses que vous façonnez d'un souffle de votre âme même,

et savoir que tous les morts bénis se tiennent autour de vous et vous observent.

Souvent vous ai-je ouï dire, comme dans un sommeil : « Celui qui travaille le marbre, et retrouve dans la pierre la forme de son âme, est plus noble que celui qui laboure la terre.

Et celui qui se saisit de l'arc-en-ciel pour en enduire une toile à l'image de l'homme, est supérieur à celui qui fait les sandales pour nos pieds. »

Or, je vous dis, non en sommeil, mais dans le plein éveil de midi, que le vent ne parle pas aux chênes géants plus tendrement qu'au plus menu des brins d'herbe ;

et seul est grand celui qui convertit le hurlement du vent en un chant que son propre amour a rendu plus suave.

Le travail c'est l'amour rendu visible.

Et si vous ne pouvez travailler avec amour, mais avec déplaisir, mieux vaudrait renoncer à votre travail et vous asseoir à la porte du temple, et quémander l'aumône de ceux qui travaillent avec joie.

Car si, avec indifférence, vous faites le pain, votre pain est amer et ne rassasit qu'à moitié la faim de l'homme.

Et si, à contrecœur, vous écrasez les grappes, votre aversion distille un poison dans le vin.

Et si vous chantez comme chantent les anges, mais sans aimer le chant, vous assourdissez les oreilles des hommes aux voix du jour et aux voix de la nuit.

De la joie et de la tristesse

Alors une femme dit : Parlez-nous de la joie et de la tristesse.

Et il répondit :

Votre joie n'est autre que votre tristesse démasquée.

Et la même citerne d'où s'élèvent vos rires, fut remplie si souvent de vos larmes.

Et comment serait-ce autrement ?

Plus la tristesse qui déchire votre être est profonde, plus grande est la joie que vous pouvez contenir.

Et la coupe qui contient votre vin, n'est-elle pas celle même qui fut cuite au four du potier ?

Et le luth qui charme votre âme, n'est-ce pas le même bois qu'évidèrent les couteaux ?

Quand vous êtes joyeux, regardez profondément dans votre cœur, et vous trouverez que ce qui vous donna la tristesse est seul à vous donner la joie.

Quand vous êtes enchagrinés regardez à nouveau en votre cœur, et vous verrez qu'en vérité vous pleurez pour cela même qui fut votre réjouissance.

D'aucuns parmi vous disent : « La joie est plus grande que la tristesse », et d'autres disent : « Non, la tristesse est plus grande. »

Mais je vous dis qu'elles sont inséparables.

Ensemble elles viennent, et lorsque l'une se tient seule à table avec vous, rappelez-vous que l'autre est endormie sur votre couche.

En vérité, tels les plateaux d'une balance, vous êtes suspendus entre votre tristesse et votre joie.

C'est seulement lorsque vous êtes vides que vous êtes en équilibre et immobiles.

Et lorsque, pour peser son or et son argent, le trésorier vous soulève, ni votre joie, ni votre tristesse ne doivent s'élever ou baisser.

Des maisons

Puis un maçon s'approcha et dit : Parlez-nous des maisons.

Et il répondit :

Bâtissez de vos créations un berceau de verdure au désert avant de bâtir une maison dans les remparts de la ville.

Car, de même qu'en votre crépuscule, vous avez des maisons d'avenir, ainsi a la sienne le vagabond en vous, l'éternel distant et solitaire.

Votre maison est votre corps en plus grand.

Elle croît au soleil et s'endort dans le calme de la nuit, et elle n'est point dépourvue de rêves. Votre maison, ne rêve-t-elle pas ? Et, en rêvant, quitte-t-elle la ville pour le bosquet ou le sommet du côteau ?

Que ne puis-je, en ma main, rassembler vos maisons, et tel un semeur les répandre par forêts et prairies ?

J'eus voulu que les vallons fussent vos rues, et les sentiers verdoyants vos allées ; que vous puissiez retrouver l'un l'autre parmi les vignes, et revenir, pénétrant vos habits, le parfum de la terre.

Ces choses, cependant, ne peuvent être encore.

Dans leur crainte, vos aïeux vous rassemblèrent tout près les uns des autres. Et cette crainte durera quelque temps encore.

Et pour un temps encore les remparts de votre cité sépareront vos foyers de vos champs.

Dites-moi, peuple d'Orphalès, qu'avez-vous donc en ces maisons ? Que gardez-vous derrière des portes closes ?

Avez-vous la paix, cette force paisible qui révèle votre puissance ?

Avez-vous les souvenirs, ces voûtes de lueur qui relient les sommets de l'esprit ?

Avez-vous la beauté qui mène le cœur des choses façonnées en bois et en pierre jusqu'au mont sacré ?

Dites-moi, avez-vous tout cela en vos maisons ?

Ou bien n'avez-vous que le confort et la convoitise du confort, cette chose furtive qui entre dans la maison en convive, puis devient hôte et puis devient le maître ?

Oui, et elle devient un dompteur et, avec le fouet et le crochet, elle réduit en marionnettes vos plus vastes désirs.

Bien que ses mains soient de soie, son cœur est de fer.

Elle ne vous apaise pour vous endormir que pour se tenir près de vos couches et railler la dignité de la chair.

Elle se moque de vos sens valides et les dépose, tels des vases fragiles, dans le duvet du chardon.

Certes, la convoitise du confort tue la passion de l'âme et marche en ricanant dans ses funérailles.

Mais vous, enfants de l'espace, qui dans votre repos êtes sans repos, vous ne serez ni pris au piège ni domptés.

Notre maison ne sera pas une ancre, mais elle sera un mât.

Elle ne sera point membrane brillante qui couvre la blessure, mais paupière protectrice de l'œil.

Pour passer par les portes, vous ne plierez point vos ailes, ni courberez vos têtes pour qu'elles ne se heurtent au plafond, ni ne craindrez de respirer pour que les murs ne craquent et ne s'écroulent.

Et vous n'habiterez guère les tombes érigées par les morts aux vivants.

Et, quoique de magnificence et de splendeur, votre maison ne saurait garder votre secret ni abriter votre nostalgie.

Car, l'illimité en vous habite le manoir du ciel dont la porte est la brume du matin, et les fenêtres les chants et les silences de la nuit.

Des vêtements

Et le tisserand dit : Parlez-nous des vêtements.

Et il répondit :

Vos habits dissimulent beaucoup de votre beauté, mais ne cachent point la laideur.

Et bien que dans les parures vous recherchiez la liberté de l'isolement, vous pouvez y trouver chaînes et servitude.

Je voudrais que, plus nus et moins vêtus, vous pussiez accueillir le soleil et le vent.

Car le souffle de la vie est dans la lumière du soleil et la main de la vie est dans le vent.

D'aucuns parmi vous disent : « C'est l'aquilon qui tissa les vêtements que nous portons. »

Oui, vous dis-je, c'était le vent du nord,

mais l'opprobre était son métier et le ramollissement des tendons son filament.

Et son œuvre terminée, il se prit de rire dans la forêt.

N'oubliez point que la pudeur est un bouclier contre l'œil de l'impur.

Et lorsque l'impur ne sera plus, qu'aurait été la pudeur sinon entraves et obscénité de l'esprit ?

Et n'oubliez point que la terre se réjouit de sentir la nudité de vos pas et que les vents brûlent de caresser votre chevelure.

Du négoce

Et un marchand dit : Parlez-nous d'acheter et de vendre.

Et il répondit :

A vous la terre concède son fruit. Et si vous savez en emplir vos mains, jamais plus vous n'éprouverez de besoin.

C'est en échangeant les dons de la terre que vous connaîtrez l'abondance et serez satisfaits.

Mais, à moins que cet échange ne se fasse dans l'amour et l'affable justice, il entraîne les uns à l'avidité et les autres à la faim.

Et vous, travailleurs de la mer, des champs et des vignes, lorsqu'au marché vous rencontrez les tisserands, les potiers et les cueilleurs d'aromates,

invoquez alors le maître esprit de la terre, qu'il

vienne parmi vous afin de sanctifier les balances et les écots qui pèsent valeur contre valeur.

Et ne souffrez pas que ceux aux mains stériles prennent part à vos transactions ; ils vendraient par des mots votre peine.

A ces pareils vous devriez dire :

« Venez avec nous au champ, ou allez avec nos frères à la mer, et jetez votre filet ;

car la terre et la mer seront envers vous aussi généreuses qu'envers nous. »

Et si viennent les chanteurs et les danseurs et les joueurs de flûte, achetez de leurs dons aussi.

Car ils sont, eux aussi, cueilleurs de fruits et d'encens et, quoique façonné de rêves, ce qu'ils rapportent est pour votre âme vêtement et nourriture.

Et voyez, avant de quitter le marché, si quelqu'un en est revenu les mains vides.

Car le maître esprit de la terre ne dormira paisible sur le vent tant que ne seront pas satisfaits les besoins du plus petit d'entre vous.

Du crime et du châtiment

Puis l'un des juges de la cité s'avança et dit : Parlez-nous du crime et du châtiment.

Et il répondit :

C'est lorsque votre esprit s'en va, errant sur le vent,
 que seul et sans défense vous portez préjudice aux autres et donc à vous-même.

Et par ce mal commis, vous devez frapper à la porte du divin et, devant elle, inaperçu, attendre un moment.

Pareil à l'océan est votre soi divin ;
 à jamais il restera sans souillure.

Et, pareil à l'éther, il n'élève que les êtres ailés.

Pareil même au soleil est votre soi divin ;
 il ne connaît les dédales de la taupe, ni ne cherche les repaires du serpent.

Mais votre soi divin n'habite pas seul en votre être.

Grande est encore en vous la part de l'humain, et grande la part qui n'est encore humaine,

mais un pygmée sans forme, somnambule dans la brume à la recherche de son propre éveil.

Et c'est de l'homme en vous que je voudrais parler maintenant.

Car c'est lui, et non votre soi divin, ni le pygmée dans la brume qui connaît le crime et, du crime, le châtiment.

Que de fois vous ai-je entendu parler de quelqu'un qui connaît le mal comme s'il n'était pas l'un de vous, mais un étranger et un intrus dans votre monde !

Mais je dis : De même que le saint ni le juste ne peuvent s'élever au-delà du plus haut qui est en chacun de vous,

ainsi, le méchant ni le faible ne peuvent échoir plus bas que le plus vil qui est en vous.

Et comme la moindre feuille ne jaunit que par le savoir tu de l'arbre entier,

ainsi, l'auteur du mal ne peut le commettre sans la volonté secrète de vous tous.

Ensemble, comme en procession, vous allez vers votre soi divin.

Vous êtes le chemin et les voyageurs.

Et lorsque l'un de vous succombe, il succombe pour ceux qui sont derrière lui, en caution contre la pierre d'achoppement.

Oui, il succombe pour ceux qui sont devant lui, ceux qui, de pas plus léger et plus sûr, n'ont toutefois pas écarté la pierre d'achoppement.

Et ceci encore, bien que le mot pèse lourd sur vos cœurs :

L'assassiné n'est pas irresponsable de son propre assassinat.

Et le volé n'est pas sans reproche d'avoir été volé.

Le juste n'est pas innocent des actes du méchant.

Et celui aux mains blanches n'est pas propre des actes du perfide.

Oui, souvent le coupable est la victime du lésé.

Et plus souvent encore, le condamné est porteur de fardeau pour l'innocent et pour l'irréprochable.

Vous ne pouvez distinguer le juste de l'injustice et le bon du cruel.

Car ensemble ils se tiennent en face du soleil, tout comme sont tissés ensemble les fils blancs et noirs.

Et quand le fil noir se rompt, le tisserand se rassure sur l'ensemble du tissu, puis il examine le métier aussi.

Si l'un de vous voulait traduire en justice l'épouse infidèle,

qu'il pèse aussi le cœur de son époux dans la balance, et qu'il mesure avec des étalons son âme.

Et que celui qui voudrait flageller l'offenseur regarde dans l'âme de l'offensé.

Et si l'un de vous, au nom de la droiture, voulait punir et frapper de la hache l'arbre du mal, qu'il en regarde les racines ;

et il trouverait les racines du bien et du mal, celles de l'arbre fructueux et celles de l'arbre stérile, ensemble mêlées dans le cœur silencieux de la terre.

Et vous, juges, qui voudriez être justes,

quel jugement prononcez-vous contre celui qui, bien qu'honnête dans la chair, est cependant voleur dans l'âme ?

Et quelle peine infligez-vous à celui qui massacre le corps alors que lui-même est massacré dans l'âme ?

Et comment poursuivez-vous qui, dans ses actes, est imposteur et oppresseur, mais qui est également lésé et outragé ?

Et comment punissez-vous ceux dont le remords déjà est plus fort que les méfaits ?

Le remords n'est-il pas la justice régie par la loi même que vous prétendez vouloir servir ?

Vous ne pouvez cependant imposer à l'innocent le remords, ni ne pouvez l'enlever du cœur du coupable.

Soudain dans la nuit il appellera les mortels afin qu'ils se réveillent et méditent sur eux-mêmes.

Et vous qui voudrez comprendre la justice, comment le pourrez-vous si vous n'examinez tous les actes dans la plénitude de la lumière ?

Alors, seulement, vous saurez que l'homme droit et l'homme déchu ne sont qu'un seul homme se tenant, au crépuscule, entre la nuit de son soi pygmée et le jour de son soi divin.

Et que la pierre angulaire du temple n'est guère plus haute que la plus basse pierre en ses fondations.

Des lois

Puis un légiste dit : Et à propos de nos lois, Maître ?
Et il répondit :
Vous vous réjouissez en élaborant des lois,
vous vous réjouissez cependant davantage en les violant.

Pareils aux enfants qui, avec constance, construisent en jouant au bord de l'océan des tours de sable, puis les démolissent en riant.

Mais, tandis que vous construisez vos tours de sable, l'océan charrie sur le rivage plus de sable encore. Et lorsque vous les détruisez l'océan ricane avec vous.

En vérité, l'océan ricane toujours avec l'innocent.

Mais que dire de ceux pour qui la vie n'est pas un océan, ni les lois élaborées par les hommes des tours de sable ?

Mais pour qui la vie est un roc et la loi un ciseau pour sculpter ce roc à leur propre image ?

Que dire de l'infirme qui hait les danseurs ?

Que dire du bœuf qui aime son joug et qui accuse le cygne et le daim de la forêt d'être des créatures égarées et vagabondes ?

Que dire du vieux serpent qui ne peut se dépouiller de sa peau et qui accuse tous les autres d'être nus et sans pudeur ?

Et de celui qui arrive tôt au festin de noces et, ayant mangé son soûl, s'en revient las en disant que les festins ne sont que violation et les amphitryons violateurs de lois ?

Que dirai-je de ceux-ci, sinon qu'ils se tiennent eux aussi au soleil, mais en tournant le dos ?

Ils ne voient que leurs ombres, et leurs ombres sont leurs lois.

Et qu'est-ce que le soleil pour eux, sinon un créateur d'ombres ?

Et qu'est-ce, pour eux, qu'admettre les lois, sinon se courber et tracer leurs ombres sur la terre ?

Mais vous qui marchez face au soleil, quelles images tracées sur terre peuvent donc vous retenir ?

Vous qui voyagez avec le vent, quelle girouette pourra gouverner votre course ?

Et quelle loi humaine pourrait vous lier, si vous ne brisez votre joug au seuil d'une prison humaine ?

Et quelles lois redoutez-vous, si vous dansez sans vous heurter aux fers des hommes ?

Et quel est celui qui pourra vous traduire en justice, si vous déchirez vos habits sans toutefois les déposer sur le passage des hommes ?

Peuple d'Orphalès, vous pouvez voiler le tambour et pouvez détendre les cordes de la lyre. Mais qui pourrait empêcher l'alouette de chanter ?

De la liberté

Puis un orateur dit : Parlez-nous de la liberté.

Et il répondit :

Je vous ai vus à la porte de la cité et, près de votre âtre, vous prosterner et adorer votre propre liberté,

tels des esclaves qui s'humilient devant un tyran et le glorifient tandis qu'il les massacre.

Oui , dans le bosquet du temple et à l'ombre de la citadelle j'ai vu les plus libres parmi vous porter leur liberté comme un joug et comme des menottes.

Et mon cœur saigna en moi-même. Car, vous ne pourrez être libres que lorsque le désir d'atteindre la liberté sera devenu votre armure, et que vous aurez cessé de parler de liberté comme d'un but et d'un accomplissement.

Vous serez vraiment libres lorsque vos jours ne seront pas sans anxiété, ni vos nuits sans besoin et sans peine, mais plutôt lorsque ces choses ceindront votre vie et que même vous vous élèverez au-dessus d'elles nus et déliés.

Et comment pourrez-vous vous élever au-delà de vos jours et vos nuits à moins que vous ne brisiez les chaînes par lesquelles, à l'aube de votre entendement, vous avez lié votre heure de midi ?

En vérité, ce que vous appelez liberté, c'est la plus forte de ces chaînes, bien que ses anneaux luisent au soleil et éblouissent vos yeux.

Et, pour que vous puissiez devenir libres, qu'y a-t-il d'autre à rejeter, sinon des fragments de vous-mêmes ?

S'il est une loi injuste que vous voudriez abolir, c'est de votre propre main que cette loi fut écrite, sur votre propre front.

Vous ne pouvez l'effacer en brûlant vos livres de lois, ni en lavant le front de vos juges, dussiez-vous y déverser la mer.

Et s'il est quelque despote que vous voudriez détrôner, voyez d'abord si son trône érigé en vous est détruit.

Car comment le tyran pourrait gouverner les hommes libres et fiers, si la tyrannie n'était dans leur propre liberté et la honte dans leur propre fierté ?

Et s'il est un souci que vous voudriez écarter, ce souci ne vous a point été imposé : c'est par vous qu'il a été choisi.

Et s'il est une frayeur que vous voudriez dissiper, c'est dans votre cœur qu'elle se fonde mais non dans la main du terrible.

En vérité, toutes les choses se meuvent constamment en votre être dans une demi-étreinte : le désiré et le redouté, l'aimé et le répugnant, et ce que vous poursuivez et ce que vous fuyez.

Par couples enlacés ces choses se meuvent en vous comme se meuvent les lumières et les ombres.

Et lorsque l'ombre s'évanouit et n'est plus, la lumière qui languit devient ombre d'une autre lumière.

Ainsi est votre liberté qui, se dégageant de ses chaînes, devient elle-même la chaîne d'une liberté plus grande.

De la raison et de la passion

Et la prêtresse reprit à nouveau et dit : Parlez-nous de la raison et de la passion.

Et il répondit :

Votre âme est souvent un champ de combat où votre raison et votre jugement livrent bataille à votre passion et votre appétit.

Je voudrais être un artisan de paix dans votre âme, et pouvoir convertir en unité et en harmonie la discorde et la rivalité de vos éléments.

Mais comment le pourrais-je, à moins que vous ne soyez vous-mêmes des artisans de paix, voire des amants de tous vos éléments ?

Votre raison et votre passion sont le gouvernail et les voiles de votre âme navigante.

Si vos voiles se brisent ou votre gouvernail, vous ne pouvez qu'être ballottés et poussés à la dérive, ou vous accrocher à une épave au large des mers.

Car la raison gouvernant seule est une force restringente ; et la passion sans contrôle est une flamme qui brûle pour votre propre destruction.

Puisse donc votre âme exalter votre raison jusqu'à l'altitude de la passion et qu'elle chante ;

et puisse-t-elle, par la raison, gouverner votre passion, et que votre passion vive par sa propre résurrection quotidienne et, semblable au phénix, s'élève au-dessus de ses propres cendres.

Je voudrais que vous eussiez pour votre jugement et votre appétit les mêmes égards que, chez vous, pour deux chers convives.

Certes, vous ne feriez pas à l'un plus d'honneur qu'à l'autre ; car celui qui a plus d'égard pour l'un perd l'amour et la confiance des deux.

Quand parmi les collines vous vous asseyez à l'ombre fraîche des blancs peupliers, partageant leur paix et leur sérénité avec les champs et les prés lointains, que votre cœur alors dise en silence : « Dieu se repose dans la raison. »

Et lorsque l'orage s'annonce, et le vent puissant ébranle la forêt, et le tonnerre et l'éclair proclament la majesté du ciel, alors que votre cœur se recueille et dise : « Dieu se meut dans la passion. »

Et tant que vous êtes un souffle dans la sphère de Dieu et une feuille dans la forêt de Dieu, de même devez-vous vous reposer dans la raison et vous mouvoir dans la passion.

De la douleur

Puis une femme dit : Parlez-nous de la douleur.

Et il dit :

Votre douleur est le fendage de l'écorce qui enclôt votre entendement.

Et comme le noyau doit se fendre afin que le cœur du fruit s'ouvre au soleil, ainsi devez-vous connaître la douleur.

Et puissiez-vous tenir émerveillé votre cœur devant les miracles quotidiens de votre vie, votre douleur ne paraîtrait pas alors moins prodigieuse que votre joie.

Et vous accepteriez les saisons de votre cœur comme vous avez accepté les saisons qui passent sur vos champs.

Et vous attendriez avec sérénité à travers les hivers de vos peines.

Beaucoup de vos douleurs vous les avez choisies vous-mêmes.

C'est l'amère potion par laquelle le médecin qui est en vous guérit votre âme morbide.

Fiez-vous donc au médecin et buvez son remède en silence et tranquillité.

Car sa main, quoique lourde et rude, est guidée par la main tendre de l'Invisible,

et la coupe qu'il apporte, quoiqu'elle brûle vos lèvres, a été modelée de l'argile que le potier humectera de ses larmes sacrées.

De la connaissance de soi

Puis un homme dit : Parlez-nous de la connaissance de soi.

Et il répondit :

Vos cœurs connaissent dans le silence les secrets des jours et des nuits.

Mais vos oreilles ont soif d'entendre enfin la résonance du savoir dans vos cœurs.

Vous voudriez savoir par le verbe ce que vous avez toujours su par la pensée.

Vous voudriez palper des doigts le corps nu de vos rêves.

Et il est bien de le vouloir.

La source cachée de votre âme doit nécessairement jaillir et rouler en murmurant vers la mer ;

et le trésor de vos profondeurs infinies se révéler à vos yeux.

Mais qu'il n'y ait point de balance pour peser votre trésor inconnu ;

et n'explorez les profondeurs de votre savoir ni par hampe ni par sonde, car le moi est une mer sans borne et sans mesure.

Ne dites pas : « J'ai trouvé la vérité », mais plutôt : « J'ai trouvé une vérité. »

Ne dites pas : « J'ai trouvé le chemin de l'âme »,

mais plutôt : « J'ai croisé l'âme qui marchait sur mon chemin. »

Car l'âme marche par tous les chemins.

L'âme ne marche sur la corde, ni ne pousse comme un roseau.

L'âme s'ouvre à elle-même comme s'ouvre un lotus aux pétales sans nombre.

De l'enseignement

Puis un maître dit : Parlez-nous de l'enseignement.
Et il répondit :

Nul ne peut vous rien révéler qui ne s'étende déjà, à moitié endormi, dans l'ombre de votre savoir.

Le maître qui marche à l'ombre du temple parmi ses disciples ne donne pas de sa sagesse, mais plutôt de sa foi et de son amour.

S'il est sage vraiment, il ne vous convie guère à entrer dans la demeure de sa sagesse, mais plutôt vous mène jusqu'au seuil de votre propre esprit.

L'astronome peut vous parler de sa conception de l'espace, mais il ne peut vous donner son entendement.

Le musicien peut chanter pour vous le rythme qui se trouve dans l'espace tout entier, mais il ne peut vous donner l'oreille qui capte le rythme, ni la voix qui le répercute.

Et celui qui est versé dans la science du nombre

peut bien vous éclairer sur les régions des poids et des mesures, mais il ne saurait vous y conduire.

Car la vision d'un mortel ne prête pas ses ailes à un autre mortel.

Et comme chacun de vous reste seul dans la connaissance de Dieu, ainsi chacun de vous doit être seul dans sa propre connaissance de Dieu et dans sa propre conception de la terre.

De l'amitié

Et un adolescent dit : Parlez-nous de l'amitié.

Et il répondit : Votre ami, ce sont vos désirs comblés.

C'est votre champ que vous semez avec amour et moissonnez avec gratitude.

Il est votre table servie et votre âtre.

Car vous venez à lui avec votre faim, et vous cherchez en lui la paix.

Quand votre ami vous dit sa pensée, ne craignez pas le « non », s'il est dans votre esprit, ni ne retenez le « oui ».

Et quand il est silencieux votre cœur ne cesse d'écouter son cœur ;

car, dans l'amitié, toutes les idées, tous les désirs, toutes les espérances sont nés et partagés sans paroles et avec une joie inexprimée.

Lorsque vous vous séparez de votre ami, ne vous attristez pas ;

car ce que vous aimez de mieux en lui peut devenir plus clair en son absence comme, vue de la plaine, la montagne est plus nette à celui qui la gravit.

Et qu'il n'y ait d'autre dessein dans l'amitié que l'approfondissement de l'âme.

Car l'amour qui ne cherche pas à révéler son propre mystère n'est pas de l'amour, mais un filet jeté : et seul le superflu est pris.

Et que le meilleur en vous soit pour votre ami.

Et s'il lui faut connaître de votre marée le reflux, qu'il en connaisse également le flux.

Car qu'est-ce donc que l'ami que vous rechercheriez seulement pour tuer les heures ?

Recherchez-le toujours pour les heures vives.

Car il lui revient de combler vos besoins, mais non votre vide.

Et que, dans la douceur de l'amitié résident la joie et le partage des plaisirs.

Car dans la rosée des menues choses le cœur trouve son matin et se ranime.

De la conversation

Puis un érudit dit : Parlez-nous de la conversation.
Et il répondit :
Vous parlez lorsque vous cessez d'être en paix avec vos pensées.

Et quand vous ne pouvez séjourner davantage dans la solitude de votre cœur vous vivez dans vos lèvres, et la voix est diversion et passe-temps.

Et dans beaucoup de vos entretiens la pensée est à moitié assassinée.

Car la pensée est un oiseau d'espace qui peut vraiment déployer les ailes dans une cage de mots, mais non voler.

Il est parmi vous ceux qui recherchent le bavard de peur d'être seuls.

Car le silence de la solitude révèle à leurs yeux leurs âmes nues et ils voudraient se fuir.

Et il est ceux qui parlent et, sans connaissance ou préméditation, découvrent une vérité qu'ils ne comprennent pas eux-mêmes.

Et il est ceux qui ont la vérité en eux-mêmes, mais ils ne la disent pas en paroles.

Dans le sein de ceux-ci, l'âme habite dans un silence rythmique.

Lorsque au bord du chemin vous croisez votre ami, ou sur la place du marché, que l'âme qui est en vous meuve vos lèvres et dirige votre langue ;

faites que la voix qui est au-dedans de votre voix parle à l'oreille de son oreille,

car son âme gardera la vérité de votre cœur, comme revient le goût du vin,

quand la couleur en est oubliée et que la coupe n'est plus.

Du temps

Puis un astronome dit : Et à propos du temps, Maître ?

Et il répondit :

Vous voudriez mesurer le temps incommensurable et immensurable.

Vous voudriez conjuguer votre conduite, et même diriger le cours de votre âme selon les heures et les saisons.

Et voudriez réduire le temps à un ruisseau, et sur sa berge vous asseoir et le regarder qui s'écoule.

Cependant ce qui en vous échappe au temps est conscient de l'intemporalité de la vie,

et sait qu'aujourd'hui n'est que le souvenir d'hier, et demain le rêve d'aujourd'hui,

et sait que ce qui chante et contemple en vous

habite encore dans les limites de ce premier instant qui dispersa les astres dans l'espace.

Lequel parmi vous ne sent pas que son pouvoir d'aimer est sans limite ?

Et pourtant quel est celui qui ne sent pas ce même amour, quoique illimité et enfermé au centre de son être, et qui ne procède d'une idée d'amour à une autre idée d'amour et des exploits d'amour à d'autres exploits d'amour ?

Et le temps, n'est-il pas ce qu'est l'amour, indivisible et immobile ?

Mais si vous devez en pensée mesurer le temps par les saisons, faites que chaque saison encercle toutes les autres,

et que l'aujourd'hui embrasse le passé par le souvenir et l'avenir par la nostalgie.

Du bien et du mal

Puis l'un des anciens de la cité dit : Parlez-nous du bien et du mal.

Et il répondit :

Du bien qui est en vous je puis parler, mais non du mal.

Car, qu'est-ce le mal sinon le bien torturé par sa propre faim et sa soif ?

En vérité, lorsque le bien a faim, il cherche même dans les cavernes ténébreuses sa nourriture, et lorsqu'il a soif, il boit même dans les eaux stagnantes.

Vous êtes bons quand vous faites un avec vous-mêmes.

Cependant, quand vous ne faites pas un avec vous-mêmes, vous n'êtes guère méchants,

car la maison désunie n'est pas une caverne de voleurs : elle est uniquement une maison désunie.

Un navire sans gouvernail peut errer sans but parmi les îles périlleuses, mais il ne sombre pas toutefois dans le fond.

Vous êtes bons quand vous vous évertuez à donner de vous-mêmes.

Cependant, vous n'êtes pas méchants lorsque vous cherchez profit pour vous-mêmes,

car lorsque vous luttez pour le profit, vous n'êtes qu'une racine qui adhère à la terre et suce son sein.

Certes le fruit ne peut dire à la racine : « Sois comme moi, mûre et pleine, donnant à jamais de ta profusion. »

Car, pour le fruit, donner est un besoin, comme pour la racine recevoir en est un.

Vous êtes bons quand vous êtes pleinement conscients de vos propos.

Vous n'êtes guère méchants cependant quand vous dormez, tandis que votre langue s'agite sans propos ;

et, même embarrassé, le propos peut raffermir une langue débile.

Vous êtes bons lorsque, de pas sûrs, vous allez fermement vers votre but ;

vous n'êtes guère méchants cependant lorsque vous y allez clopin-clopant.

Et même ceux qui clopinent ne vont pas à reculons. Mais vous qui êtes robustes et prompts, évitez de boitiller devant celui qui boite en guise de bonté.

Vous êtes bons d'innombrables manières et vous n'êtes guère méchants lorsque vous n'êtes pas bons.

Vous n'êtes que flâneurs et fainéants.

Dommage que les cerfs ne puissent apprendre aux tortues la promptitude.

Dans votre nostalgie pour votre moi géant réside votre bonté : et cette nostalgie est en chacun de vous.

Mais en d'aucuns cette nostalgie est un torrent qui roule impétueux vers la mer, emportant les secrets des flancs des collines et les chants de la forêt ;

et, en d'autres, c'est un calme ruisseau qui se perd dans les coins et les méandres et qui languit avant d'atteindre le rivage.

Mais que celui qui désire ardemment ne dise pas à celui qui désire peu : « Pourquoi es-tu lent et hésitant ? »

Car celui qui est vraiment bon ne demande pas au nu : « Où sont tes vêtements ? », ni au sans logis : « Qu'est-il advenu de ta maison ? »

De la prière

Puis une prêtresse dit : Parlez-nous de la prière.

Et il répondit :

Vous priez dans votre détresse et dans la nécessité ; je voudrais que vous puissiez prier également dans la plénitude de votre joie et dans vos jours d'abondance.

Car, qu'est-ce que la prière, sinon l'expansion de vous-mêmes dans le vivant éther ?

Et si, pour votre réconfort, vous versez dans l'espace vos ténèbres, c'est pour votre réjouissance que vous exhalez l'aurore de votre cœur.

Et si vous ne pouvez que gémir lorsque votre âme vous incite à la prière, elle devrait vous stimuler, bien que gémissant, encore et encore jusqu'à ce que vous deveniez enjoués.

Lorsque vous priez, vous vous élevez pour rencontrer, dans l'air, ceux qui prient à cette même heure, et vous ne pouvez les rencontrer que dans la prière.

Aussi, que votre visite à ce temple invisible ne soit-elle que pour l'extase et la douce communion.

Car s'il vous fallait entrer au temple dans l'unique dessein de demander, vous ne recevriez guère.

Et si vous deviez y entrer pour vous humilier, vous ne seriez point relevés.

Ou même si vous deviez y entrer pour quémander le bien pour autrui, vous ne seriez pas exaucés.

Il suffit qu'invisibles vous entriez au temple.

Je ne puis vous apprendre à prier par des mots.

Dieu n'écoute vos paroles que lorsqu'Il les prononce Lui-même par vos lèvres,

et je ne puis vous apprendre la prière des mers, des forêts et des monts.

Mais vous, qui êtes nés des montagnes, des forêts et des mers, pouvez trouver en votre cœur leur prière,

et si seulement vous écoutiez dans le calme de la nuit, vous les entendriez dire en silence :

« Notre Dieu, qui êtes notre moi ailé, c'est votre volonté en nous qui veut,

c'est votre désir en nous qui désire,

c'est votre élan en nous qui transforme nos nuits, qui sont vôtres, en jours, qui sont vôtres aussi.

Nous ne pouvons rien vous demander, car vous

connaissez nos besoins avant même qu'ils ne se forment :

Vous êtes notre besoin et, en nous donnant davantage de vous-même, vous nous donnez tout. »

Du plaisir

Alors un ermite, qui visitait la cité une fois l'an, s'approcha et dit : Parlez-nous du plaisir.

Et il répondit :

Le plaisir est un chant de liberté,

mais il n'est pas la liberté.

Il est la fleuraison de vos désirs,

mais il n'en est pas le fruit.

Il est la profondeur qui invoque la hauteur,

mais il n'est ni la profondeur ni la hauteur.

C'est l'encagé qui prend son vol,

mais il n'est pas l'espace enclos.

Oui, en vérité même, le plaisir est un chant de liberté.

Et volontiers je voudrais que vous le chantiez avec la plénitude de votre cœur. Je ne voudrais pas cependant que vous perdiez vos cœurs dans le chant.

D'aucuns parmi vos jeunes recherchent le plaisir, comme si le plaisir était tout, et ils sont jugés et châtiés.

Je ne voudrais ni les juger ni les châtier, je voudrais qu'ils cherchent,

car ils trouveront le plaisir, mais non le plaisir seul ;

au nombre de sept sont ses sœurs, et la moindre d'entre elles est plus belle que le plaisir.

N'avez-vous entendu parler de l'homme qui creusait le sol pour extirper les racines et qui trouva un trésor ?

Et d'autres parmi vos aînés se souviennent des plaisirs avec regret, comme des iniquités commises dans l'ivresse.

Mais le regret est l'obscurcissement de l'esprit, et n'en est pas le châtiment.

Ils devraient se souvenir de leurs plaisirs avec gratitude comme ils se souviendraient de la moisson d'un été.

Si, toutefois, le regret les console, qu'ils soient donc consolés.

Et il est parmi vous ceux qui ne sont ni jeunes pour chercher, ni vieux pour se souvenir ;

et dans leur crainte de chercher et de se souvenir, ils se gardent de tout plaisir, de peur qu'ils ne négligent l'esprit ou ne l'offensent.

Mais dans leur privation même est leur plaisir.

Et ainsi trouvent-ils également un trésor, alors qu'avec des mains tremblantes ils creusent pour extirper les racines.

Mais, dites-moi, quel est celui à même d'offenser l'esprit ?

Le rossignol peut-il troubler le calme de la nuit, ou la luciole les étoiles ?

Et votre flamme ou votre fumée pourront-elles surcharger le vent ?

Pensez-vous que l'esprit est une mare immobile que vous pouvez troubler d'un bâton ?

Souvent, en vous refusant le plaisir, vous ne faites qu'accumuler le désir dans le tréfonds de votre être.

Qui sait si ce qui semble omissible aujourd'hui attend le lendemain ?

Même votre corps connaît son héritage et son légitime besoin et ne sera pas trompé.

Et votre corps est la harpe de votre âme,

et il vous revient d'en tirer une douce musique ou des sons confus.

Et maintenant vous demandez en votre cœur : « Comment distinguons-nous ce qui est bon dans le plaisir de ce qui ne l'est pas ? »

Allez dans vos champs et vos jardins, et vous apprendrez que c'est le plaisir de l'abeille de recueillir le miel de la fleur, mais aussi le plaisir de la fleur de concéder son miel à l'abeille ;

car, pour l'abeille, une fleur est une fontaine de vie,

et, pour la fleur, une abeille est une messagère d'amour,

et, pour les deux, pour l'abeille et la fleur, donner et recevoir du plaisir est un besoin et une extase.

Peuple d'Orphalès, soyez dans vos plaisirs semblables aux fleurs et aux abeilles.

De la beauté

Puis un poète dit : Parlez-nous de la beauté.

Et il répondit :

Où chercherez-vous la beauté, et comment la trouverez-vous, si elle n'est elle-même votre voie et votre guide ?

Et comment parlerez-vous d'elle, si elle n'est l'artisan qui tisse votre discours ?

L'affligé et le blessé disent :

« La beauté est tendresse et douceur,

telle une jeune mère presque timide de son éclat, elle marche parmi nous. »

Et l'irascible dit : « Non, la beauté est puissance et terreur.

Comme la tempête elle ébranle la terre au-dessous de nous et le ciel au-dessus. »

L'épuisé et le las disent : « La beauté est un doux murmure, elle parle dans notre âme.

Sa voix s'émet dans nos silences, telle une lumière timide qui chancelle dans la peur de l'ombre. »

Mais l'inquiet dit : « Nous avons ouï ses grands cris dans les montagnes,

et vinrent avec ses cris le bruit des sabots, le battement des ailes et le rugissement des lions. »

Et la nuit le gardien de la cité dit : « La beauté se lèvera de l'Orient avec l'aurore. »

Et à l'heure de midi les ouvriers et les voyageurs disent : « Nous l'avons vue se pencher sur la terre à travers les fenêtres du couchant. »

En hiver, les ramasseurs de neige disent : « Elle viendra avec le printemps qui bondit de colline en colline. »

Et dans les chaleurs d'été les moissonneurs disent : « Nous l'avons vue danser avec les feuilles d'automne et nous avons vu un tourbillon de neige dans sa chevelure. »

Toutes ces choses, les avez-vous dites sur la beauté,

mais, en vérité, vous ne parliez point d'elle, mais de besoins inassouvis,

et la beauté n'est pas un besoin mais une extase.

Elle n'est pas une bouche assoiffée ni une main qui quémande, mais plutôt un cœur enflammé et une âme enchantée.

Elle n'est ni l'image que vous voudriez voir, ni le chant que vous voudriez entendre,

mais une image que vous voyez, même les yeux clos, et un chant que vous entendez, même en scellant vos oreilles.

Elle n'est ni la sève en l'écorce rainée, ni une aile saisie par une griffe,

mais un jardin à jamais florissant et une volée d'anges en éternel essor.

Peuple d'Orphalès, la beauté c'est la vie quand la vie dévoila son visage sacré.

Mais vous êtes la vie, et vous êtes le voile.

La beauté est l'éternité qui se contemple dans un miroir.

Mais vous êtes l'éternité et vous êtes le miroir.

De la religion

Puis un vieux prêtre dit : Parlez-nous de la religion.
Et il répondit :
Ai-je donc parlé aujourd'hui d'autre chose ?
La religion n'est-elle pas tous les actes et toute la réflexion,
et ce qui n'est ni acte ni réflexion mais une merveille et un étonnement qui jaillissent sans cesse dans l'âme, lors même que les mains taillent la pierre ou manipulent le métier ?
Qui donc peut séparer de ses actes sa foi, ou de ses occupations sa croyance ?
Qui donc peut étaler ces heures devant soi en disant :
« Ceci est à Dieu et ceci est à moi. Ceci est à mon âme et ceci à mon corps ? »
Vos heures sont toutes des ailes qui battent dans l'espace, allant d'un soi à un autre soi-même.

Quiconque fait usage de sa morale comme de sa meilleure parure, mieux vaudrait qu'il fût nu.

Le vent et le soleil ne cribleront pas sa peau de trous.

Et quiconque définit sa conduite par l'éthique, emprisonne dans une cage son oiseau-chanteur.

Le chant de liberté ne vient pas à travers les barreaux et les grilles.

Et celui pour qui le culte est une fenêtre à ouvrir, mais aussi à fermer, n'a pas encore visité la demeure de son âme dont les fenêtres sont ouvertes de l'aurore à l'aurore.

Votre vie quotidienne est votre temple et votre religion,

lorsque vous y entrez, emportez tout avec vous.

Emportez la charrue et la forge, le maillet et le luth, les objets façonnés dans le besoin ou pour le plaisir.

Car, en rêverie, vous ne pouvez vous élever au-delà de vos exploits, ni choir plus bas que vos défaillances.

Et emmenez avec vous tous les hommes :

car, en adoration, vous ne pouvez voler plus haut que leurs espérances, ni vous humilier plus bas que leur désespoir.

Et si vous voulez connaître Dieu, ne soyez donc pas un déchiffreur d'énigmes.

Regardez plutôt autour de vous et vous Le verrez qui s'ébat avec vos enfants.

Et regardez dans l'espace, vous Le verrez qui marche dans la nue et qui étend dans la lumière Ses bras et descend dans la pluie.

Vous Le verrez qui sourit dans les fleurs puis se lève, et agite Ses mains dans les arbres.

De la mort

Alors Al-Mithra parla : Nous voudrions vous questionner maintenant sur la mort.

Et il dit :

Vous voudriez connaître le secret de la mort.

Mais comment le trouverez-vous si vous ne le cherchez dans le cœur de la vie ?

La chouette aux yeux destinés à la nuit et que le jour rend aveugle ne peut découvrir le mystère de la lumière.

Si vous vouliez vraiment contempler l'esprit de la mort, ouvrez large votre cœur à la substance de la vie ;

car la vie et la mort ne font qu'un, tout comme la rivière et la mer font un seul.

Dans la profondeur de vos espoirs et de vos désirs repose votre silencieux savoir de l'au-delà.

Et, semblable aux graines qui rêvent sous la neige, votre cœur rêve de printemps.

Ayez foi dans les rêves, car en eux se trouve la porte de l'éternité.

Votre frayeur de la mort n'est que le tremblement du pâtre en présence du roi qui s'apprête à poser la main sur lui pour l'honorer.

Et malgré ce tremblement le pâtre n'est-il pas heureux de porter la marque d'honneur du roi ?

Mais n'est-il pas plus conscient encore de son tremblement ?

Car qu'est-ce que mourir, sinon se tenir nu dans le vent et se dissoudre dans le soleil ?

Et qu'est-ce que cesser de respirer, sinon libérer le souffle de son cœur sans repos afin qu'il puisse s'élever, se répandre et, dégagé, tendre vers Dieu ?

C'est seulement quand vous aurez bu dans la rivière du silence que vraiment vous chanterez.

Et quand vous aurez atteint le sommet de la montagne, c'est alors que vous commencerez à gravir.

Et quand la terre réclamera vos membres, alors vous danserez.

Alors le soir fut.

Al-Mithra la voyante dit : Bénis soient ce jour et ce lieu et ton esprit qui parla.

Et il répondit : Était-ce moi qui parlais ?

N'étais-je pas aussi un auditeur ?

Puis il descendit les marches du temple et tout le peuple le suivit. Et il regagna son navire et se tint sur le pont.

Et, de nouveau, face au peuple, il éleva la voix et dit :

Peuple d'Orphalès, le vent m'invite à vous quitter.

Je suis moins prompt que le vent, je dois cependant m'en aller.

Nous, les errants, qui cherchons sans répit le plus solitaire des chemins, ne commençons jamais de jour là où nous avons achevé un autre jour ; et il n'est de soleil levant qui nous retrouve là où le soleil couchant nous quitta.

Lors même que la terre repose dans le sommeil nous voyageons.

Nous sommes les graines de la plante tenace ; et c'est dans la maturité de notre cœur et dans sa plénitude que nous sommes livrés au vent et sommes dispersés.

Brefs furent mes jours parmi vous, et plus brèves encore les paroles que j'ai dites.

Mais ma voix dût-elle s'évanouir dans vos oreilles, et mon amour dépérir dans votre mémoire, alors je reviendrai,

et d'un cœur plus abondant et des lèvres plus souples à l'esprit, je parlerai.

Oui, je reviendrai avec la marée,

et bien que la mort puisse me soustraire au regard, et le plus grand silence m'envelopper, à nouveau je chercherai votre entendement.

Et je ne chercherai pas en vain.

Si ce que j'ai dit est la vérité, cette vérité se révèlera d'une voix plus claire et dans des paroles plus proches de vos pensées.

Peuple d'Orphalès, je m'en vais avec le vent, mais ne descends pas dans le vide ;

et si ce jour n'est pas le comblement de vos besoins

et de mon amour, qu'il soit donc une promesse jusqu'à un autre jour.

Les besoins de l'homme changent, mais non point son amour, ni le désir que son amour satisfasse ses vœux.

Sachez que du plus grand silence je reviendrai.

La brume qu'emporte le vent à l'aurore, ne laissant que rosée dans les champs, s'élèvera et s'amoncèlera en nuage et tombera en pluie.

Et je n'ai pas été dissemblable de la brume.

Dans le calme de la nuit, j'ai cheminé en vos rues et mon âme est entrée dans vos maisons,

et les battements de votre cœur furent en mon cœur, et votre souffle fut sur mon visage, et tout à fait je vous connus.

Oui, je connus votre joie et connus votre peine. Et en votre sommeil vos rêves furent les miens.

Et parmi vous souvent je fus lac parmi les montagnes.

Je reflétai de vous les sommets et les pentes inclinées, et même les fugitives volées de vos pensées, de vos désirs.

Et dans les ruisseaux le rire de vos enfants vint à mon silence, et dans les rivières la nostalgie de vos adolescents.

Et lorsque de moi ils atteignirent la profondeur, les ruisseaux et les rivières ne cessèrent de chanter.

Mais plus doux encore que le rire et plus sublime que la nostalgie fut ce qui vint à moi.

Ce fut l'illimité en vous ;

l'homme vaste en qui vous n'êtes tous que cellules et tendons ;

lui, en la mélodie duquel votre chant n'est que battement insonore.

C'est en l'homme vaste que vous êtes vastes.

Et c'est en le contemplant que je vous contemplais et vous aimais.

Car, quelles distances l'amour peut-il atteindre qui ne soient dans cette immense sphère ?

Quelles visions, quelles attentes et quelles présomptions peuvent prendre l'essor au-delà de ce vol ?

Tel un chêne géant couvert de fleurs est l'homme vaste en vous.

Sa puissance vous confirme à la terre, son parfum vous élève dans l'espace et dans sa pérennité vous êtes impérissables.

Il vous a été dit : Bien que pareils à la chaîne, vous êtes aussi faibles que le plus faible de vos anneaux.

Ce n'est que la vérité à moitié. Vous êtes également aussi forts que le plus fort de vos anneaux.

Vous mesurer par le plus petit de vos actes c'est mesurer la puissance de l'océan par la fragilité de son écume.

Vous juger sur vos défaillances, c'est couvrir de blâme les saisons pour leur inconstance.

Oui, vous êtes pareils à l'océan.

Et quoique des bateaux massifs sur vos rivages attendent la marée, et quoiqu'à l'océan pareils, vous ne pouvez cependant hâter vos marées.

Vous êtes aux saisons pareils,

et bien qu'en votre hiver vous reniez votre printemps,

le printemps qui repose en vous sourit en sa somnolence et n'est guère offensé.

Ne pensez point que je dis ces choses pour que l'un de vous puisse dire à l'autre : « Il nous combla de louange. Il ne voit que le bien en nous. »

Je ne vous dis en paroles que ce que vous-mêmes connaissez en pensée.

Et qu'est-ce que le savoir en paroles sinon l'ombre du savoir sans paroles ?

Vos pensées et mes paroles sont les vagues d'une mémoire close gardienne des registres des jours passés.

Et des jours anciens, alors que la terre ne nous connaissait ni ne se connaissait,

et des nuits quand la terre surgissait du chaos.

Les sages vinrent à vous afin de vous donner de leur sagesse. Et je vins pour puiser dans la vôtre.

Et voici que j'ai trouvé ce qui est plus grand que la sagesse.

C'est un esprit de flamme en vous qui s'amasse sans cesse,

tandis qu'inattentifs à son expansion, vous déplorez vos jours qui se fanent.

C'est la vie en quête de la vie dans des corps qui redoutent la tombe.

Par ici il n'est point de tombes.

Ces montagnes et ces plaines sont un escalier et un berceau.

Si jamais vos pas vous mènent vers le champ où vous avez enseveli vos ancêtres, scrutez-le bien, et vous vous verrez danser la main dans la main avec vos enfants.

En vérité, souvent vous êtes heureux sans le savoir.

D'autres vinrent à vous et pour les promesses dorées qu'ils firent à votre foi, vous avez donné richesses, puissance et gloire.

Moins qu'une promesse ai-je donné, et vous fûtes cependant plus généreux envers moi.

Vous m'avez donné ma profonde soif de vivre.

Il n'est certes de don plus grand pour un mortel que celui qui convertit toutes ses attentes en lèvres brûlantes et toute la vie en fontaine.

Et c'est là mon bonheur et ma récompense,

lorsque, pour me désaltérer, je regagne la fontaine, je trouve l'eau vivante elle-même assoiffée ;

et tandis que je m'en abreuve, elle s'abreuve de moi.

D'aucuns parmi vous m'ont jugé trop timide et fier pour accepter des dons.

Trop fier je suis vraiment pour accepter un salaire, mais non des dons.

Et bien que parmi les collines je me nourrissais de baies alors que vous m'auriez voulu à votre table, et que je m'endormais au portique du temple, alors que vous m'auriez abrité avec joie,

n'était-ce pas cependant votre amoureux souci de mes jours et de mes nuits qui fit douce la nourriture à ma bouche et sertit mon sommeil de visions ?

C'est pour cela que je vous bénis le plus :

Vous donnez beaucoup et ne savez point que vous donnez.

En vérité la tendresse qui se contemple dans un miroir se transforme en pierre,

et l'acte bon qui se prête de tendres noms s'apparente à la malédiction.

D'aucuns parmi vous m'ont nommé le distant ivre de sa propre solitude,

et vous avez dit : « Avec les arbres de la forêt, il tient conseil, et non avec les hommes.

Il s'assied seul sur les cimes des collines et jette son regard sur notre cité. »

J'ai gravi, il est vrai, les collines, et cheminé dans les lieux retirés.

Comment eus-je pu vous voir, sinon d'une haute altitude ou d'une grande distance ?

Comment, en effet, peut-on être proche si l'on n'est pas loin ?

Et d'autres parmi vous, sans mot dire, m'appelaient :

« Étranger, étranger amoureux des hauteurs inaccessibles, pourquoi donc habitez-vous les cimes où les aigles bâtissent leurs aires ?

Pourquoi donc poursuivez-vous l'inaccessible ?

Et quelles tempêtes entendez-vous prendre dans vos filets ?

Et quels oiseaux chimériques chasseriez-vous dans l'azur ?

Venez plutôt et soyez l'un de nous.

Descendez de là-haut, et que notre pain apaise votre faim, et notre vin étanche votre soif. »

Et ces choses... ils les dirent dans la solitude de leur âme ;

mais leur solitude, fût-elle plus profonde, ils auraient compris que seul m'occupait de saisir le secret de vos joies et vos peines,

et de chasser votre vaste « vous-même » qui s'élève dans le ciel.

Mais le chasseur redevint à son tour la proie.

Car, maintes flèches des miennes ne quittèrent mon arc que pour se retourner vers ma propre poitrine.

De même que l'ailé se changea en reptile,

car l'ombre de mes ailes déployées au soleil se projeta au sol en forme de tortue.

Et moi le croyant, je redevins sceptique,

car j'ai souvent posé sur ma blessure le doigt, afin que ma foi en vous devienne plus grande et plus grande ma connaissance de vous.

Par cette foi et cette connaissance, je vous dis :

Vous n'êtes guère enclos en vos corps, ni confinés en vos maisons et par vos champs.

Ce qui est vous-même habite au-delà des montagnes et erre avec le vent.

Ce n'est point une chose qui rampe au soleil en quête de chaleur ou qui, dans les ténèbres, se creuse des cavernes en quête de salut,

mais une chose libre, une âme qui englobe la terre et se meut dans l'éther.

Si ces dires sont vagues, évitez de les rendre explicites.

Vague et nébuleux est le commencement de toutes choses, mais leur fin ne l'est point.

Et comme je voudrais que votre souvenir de moi fût un souvenir de commencement !

La vie, et tout ce qui vit, est conçu dans la brume et non dans le cristal.

Et qui sait si le cristal n'est pas brume qui se décompose ?

Je voudrais qu'en vous souvenant de moi, vous eussiez souvenance de ceci :

Ce qui en vous paraît le plus débile, le plus déconcerté, est en vrai le plus fort, le plus déterminé.

N'est-ce pas votre souffle qui forme et consolide de vos os la structure ?

Et n'est-ce pas le rêve que nul d'entre vous ne se souvient d'avoir rêvé qui bâtit votre cité et façonna tout ce qui se trouve en elle ?

Si seulement vous pouviez voir les marées de ce souffle, vous cesseriez de voir toute autre chose ;

et si vous pouviez ouïr le murmure de ce rêve, vous n'entendriez plus d'autre son.

Mais vous ne voyez ni n'entendez, et c'est bien qu'il en soit ainsi.

Le voile qui obscurcit vos yeux, par les mains qui l'ont tissé sera écarté.

Et l'argile qui obstrue vos oreilles, par les doigts qui l'ont pétrie sera percée.

C'est alors que vous verrez.

C'est alors que vous entendrez.

Vous ne vous plaindrez cependant d'avoir connu la cécité, ni ne regretterez la surdité,

car, en ce jour, vous saurez les secrets desseins cachés en toutes choses,

et vous bénirez les ténèbres comme vous béniriez la lumière.

Ces paroles prononcées, il regarda autour de lui et vit le pilote de son navire qui se tenait près du gouvernail et contemplait tantôt les amples voiles et tantôt la distance.

Et il dit :

Patient, trop patient est le capitaine de mon navire.

Le vent souffle, et sans repos sont les voiles ;

et même le gouvernail supplie d'être dirigé ;

cependant que, paisible, mon capitaine attend mon silence.

Et mes marins que voici avaient entendu le chœur de l'immense mer, et m'ont attendu eux aussi en patience.

Ils n'attendront pas davantage maintenant.

Je suis prêt.

Le ruisseau atteignit la mer ; et l'immense mère tient encore son fils contre son sein.

Adieu, peuple d'Orphalès.

Ce jour s'est achevé.

Il se referme sur nous, comme se referme le nénuphar sur son propre lendemain.

Ce qui nous fut donné, nous le garderons.

Et s'il ne suffit pas, à nouveau ensemble nous reviendrons et tendrons au donateur nos mains.

N'oubliez pas que je reviendrai à vous.

Un petit moment, et ma nostalgie rassemblera poussière et écume pour un autre corps.

Un petit moment, un moment de repos sur le vent, et une autre femme me remettra au monde.

Adieu, à vous et à ma jeunesse passée parmi vous.

Ce ne fut qu'hier que nous nous rencontrâmes, dans un rêve...

Dans ma solitude vous avez chanté pour moi, et de vos nostalgies j'ai bâti une tour dans le ciel.

Mais notre sommeil maintenant s'est enfui, et notre rêve s'est achevé, et l'aurore n'est plus.

Midi est au-dessus de nous, et notre demi-éveil s'est

converti en plein jour, et nous devons nous séparer.

Si, au crépuscule du souvenir, nous devons une fois encore nous rencontrer, nous reparlerons ensemble et vous chanterez pour moi un chant plus profond.

Et si, dans un autre rêve, nos mains devaient se rencontrer, nous bâtirions une autre tour dans le ciel.

Ainsi parlant, il donna aux marins le signal, et aussitôt ils levèrent l'ancre et lancèrent le navire délivré de ses amarres. Ils s'en allèrent vers l'Orient.

Et du peuple vint une clameur, comme d'un seul cœur ; elle s'éleva dans le crépuscule emportée sur la mer tel un grand son de trompette.

Seule, Al-Mithra silencieuse suivait du regard le navire jusqu'à ce qu'il disparût dans la brume.

Et lorsque tout le peuple se fut dispersé, elle demeura debout, seule sur la falaise se ressouvenant en son cœur de sa parole :

« Un petit moment, un moment de repos sur le vent et une autre femme me remettra au monde. »

Table

BABEL

Extrait du catalogue

COÉDITION ACTES SUD – LEMÉAC

Ouvrage réalisé
par l'Atelier graphique Actes Sud.
Achevé d'imprimer
en novembre 2008
par Normandie Roto Impression s.a.s
61250 Lonrai
pour le compte
d'ACTES SUD
Le Méjan
Place Nina-Berberova
13200 Arles.

Dépôt légal
1re édition : août 2004
N° impr. : 083732
(Imprimé en France)